SAINT-ROCH

ET

SAINT-THOMAS.

SAINT-ROCH

ET

SAINT-THOMAS,

NOUVELLE.

Sæpè premente Deo, fert Deus alter opem.
Ovid. Trist. lib. 1. eleg. 2.

A PARIS,

Chez DABIN, libraire, au bas de l'escalier de
la bibliothèque, palais du Tribunat.

AN XI. — 1802.

SAINT-ROCH

ET

SAINT-THOMAS,

NOUVELLE.

Du paradis savez-vous la nouvelle?
Ces jours derniers, une morte, encor belle,
Toucha le seuil du céleste manoir.
Elle était pâle ; et sa tendre prunelle,
En s'éteignant, jetait une étincelle
Faible, et semblable aux feux mourans du soir.
Le vieux Saint-Pierre, à son poste fidèle,
Par la pitié se sentit émouvoir :
— Ma chère enfant, ma belle demoiselle,
A vingt-trois ans, quoi ! vous venez nous voir !
Que je vous plains !... que la mort est cruelle !
J'aurais jadis, soit dit sans vous flatter,
Pris grand plaisir à vous ressusciter.
Mais j'ai perdu ce talent efficace.

En paradis vous cherchez une place?
Eh! mieux que vous qui peut la mériter?
Vous êtes jeune, aimable, intéressante!
Mais apprenez l'étiquette, le ton;
On n'entre pas sans avoir un patron;
Comme à la cour, il faut qu'on vous présente.
Pour satisfaire à ce devoir commun,
Parmi nos Saints, n'en serait-il pas un
Qui vous connût, ou qui sans vous connaître,
Voulût de vous répondre auprès du maître?
Je briguerais cette faveur pour moi;
Mais un portier se tient dans son emploi;
Je n'ai point droit à la cour de paraître.
— De vos bontés, répondit Chameroy,
Je suis touchée. Autant qu'il m'en souvienne,
Je dois connaître un Saint en *ic*, en *oc*,
Dont à Paris j'étais la paroissienne....
Aidez-moi donc. — Serait-ce point Saint-Roch?
— Oui, ma demeure était près de la sienne.
A dire vrai, nous nous voyions très-peu;
Mais je payais avec beaucoup de zèle
Pour le fêter, pour parer sa chapelle,

Pour la façon d'ornement rouge ou bleu ;
Que sais-je, moi ? pour l'avent, le carême...
Huit jours encor ne sont pas révolus
Depuis que j'ai payé certain baptême
Vingt-cinq louis, que Saint-Roch a reçus
De fort bon cœur. — Eh ! n'en dites pas plus ;
Certes, ce Saint aurait mauvaise grâce
A refuser de vous servir d'appui :
En assurance adressons-nous à lui ;
Fort à propos, voilà son chien qui passe ;
Voilà le maître... ils ne se quittent point.
— Mon frère Roch , vous venez tout-à-point.
J'ai dans ma loge une charmante dame
Qui vous connaît , et de vous se réclame ;
Accourez donc. — Roch arrive : Pourquoi
Me déranger ? et que veut-on de moi ?
La belle expose en tremblant sa requête ;
Roch l'interrompt , et d'un ton malhonnête :
— C'est bon... c'est bon... que faisiez-vous là-bas ?
Votre métier ?... — Mon art était la danse.
Je m'appliquais à former en cadence ,
A dessiner mes mouvemens , mes pas ;

Pour mon pays ces jeux ont des appas ;
Et chaque soir, sur un brillant théâtre,
Aux yeux ravis d'un public idolâtre,
Je figurais, dans un ballet charmant,
Tantôt la reine, et tantôt la bergère ;
On s'enivrait de ma danse légère ;
Le magistrat, le guerrier, le savant,
La fille assise à côté de sa mère,
Venaient goûter un plaisir élégant.
— Fi ! reprit Roch, fi ! quelle extravagance !
Je ne suis point ami de l'élégance ;
Je suis grossier, et dur par piété ;
A Montpellier, né de parens honnêtes,
Pouvant jouir de la société,
De ses douceurs, j'allai parmi les bêtes,
Au fond des bois, vivre seul, ennuyé,
Ayant mon chien pour tout valet de pié.
Sur un fumier j'y mourus de la peste,
Et vous venez, d'un air pimpant et leste,
M'importuner de ballets, de plaisirs !
La danse ! ô ciel ! rien n'est plus immodeste.
Puisqu'à ces jeux vous perdiez vos loisirs,

Soyez damnée, et sans miséricorde.
Allez-vous-en : que mon chien ne vous morde.
— Pierre rougit de ce discours brutal :
Consolez-vous, dit l'indulgent apôtre ;
Quand par hasard un Saint nous veut du mal ,
On peut souvent être aidé par un autre.
Adressons-nous au complaisant Thomas
Qui, par bonheur, demeure à quatre pas.
— Pierre l'appelle, et lui conte l'affaire.
Thomas sourit : On peut vous satisfaire...
Très-volontiers... Je veux vous dire un mot ;
Eloignons-nous, ma belle enfant, pour cause,
Et parlons bas. Ce Saint-Roch est un sot,
Un triste fou que la joie indispose,
Qui n'a rien lu, qui ne sait pas grand'chose,
Cela croit tout ; moi, je suis Saint-Thomas ;
A moins de voir, je dis : je ne crois pas.
Fort aisément je croirai, par exemple,
Que vous laissez là-bas bien des regrets ;
Ces traits charmans qu'ici mon œil contemple,
Un peu changés, ont encor tant d'attraits !
Je vois des pieds, je vois des mains charmantes,

Et qui devaient être bien caressantes,
Elles étaient libérales aussi ;
J'en suis certain. Or pour entrer ici,
C'est un grand point, un point cher aux apôtres.
Il faut toujours payer avec nous autres :
Vous le savez. — Eh bien ! s'il est ainsi ,
Laissons l'emphase et les complimens fades,
Reprit la belle , et soixante louis
Que mes amis, mes braves camarades
Vous donneront... — Ces mots à peine ouïs,
Thomas ouvrait de grands yeux réjouis :
— Aux saints canons quand on est si soumise ,
Chez nous, dit-il, on est sans peine admise.
Venez, venez. — Pierre les introduit.
Thomas s'avance , et Chameroy le suit.
Elle entre au ciel. Son air touchant, modeste,
Charme soudain toute la cour céleste.
Le bon patron avec ardeur la sert,
Vîte il s'empresse ; il arrange un concert ;
Le roi David avec Sainte-Cécile
Font résonner une corde docile ;
On exécute, en genre italien,

Une sonate, et monsieur Saint-Julien,
Ménestrier et râcleur de campagne,
D'un aigre archet, trop fort les accompagne.

A leur accens, notre belle dansa;
Dieu la voyait: elle se surpassa;
Les chérubins, les thrônes, les archanges
Etaient ravis, la comblaient de louanges.
Le roi David, danseur très-vigoureux,
Quitta sa harpe; on eut un pas de deux
Vraiment divin; ce fut une soirée
Douce, rapide, au plaisir consacrée.
On s'amusa comme des bienheureux;
Et le ballet, goûté des trois personnes,
Trompa du ciel les longueurs monotones.
La Sainte-Vierge, au moins de tems-en-tems,
Dit qu'il faudrait avoir ces passe-tems,
Bal, opéra, concert ou comédie.
Le Saint-Esprit, qui veut plaire à Marie,
Prend la parole : — Élus du paradis,
Voilà pourtant ce que la barbarie,
Un zèle faux repousse, excommunie!

De ces talens par vous même applaudis,
Vous jouissez, vous sentez tout le prix!
Vous les aimez! et Roch veut qu'on les damne!
Assurément ce Roch est un profane ;
Mais la beauté, les talens sont sacrés.
Bien avant nous, ils étaient adorés.
Vous le savez ; vous avez lu l'histoire.
Protégeons-les, ils feront notre gloire
Et nos plaisirs. Des arts les favoris,
Chers aux mortels, chez nous seraient proscrits!
Non, non; jamais..... Aux auditeurs ravis
Le mouvement parut très-oratoire.
Le Saint-Esprit gagna tous les esprits.
Décret soudain, conforme à son avis.
On ajouta, pour lever tout scrupule,
Qu'on en ferait rendre à Rome une bulle.

O vous, soutiens de ce bel Opéra,
Vous, que sur terre en fête on préconise,
Qu'on applaudit, et qu'on applaudira,
En attendant que l'on vous canonise,
Vestris, Miller, et Delille, *et cœtera,*

Troupe élégante, aimable, bien apprise,
Vous voilà donc en paix avec l'église!
En paradis chacun de vous ira;
Mais que ce soit le plus tard qu'il pourra.

F I N.